かなしきデブ猫ちゃん

マルの秘密の泉

早見和真 文
かのうかりん 絵

集英社文庫

もくじ

本文デザイン＝成見 紀子

この作品は二〇二一年七月、愛媛新聞社より刊行されました。

初出

「愛媛新聞」二〇一九年九月七日〜二〇年六月二十日(毎週土曜日付)

JASRAC　出　2302047-301

かなしきデブ猫ちゃん　マルの秘密の泉

文・早見 和真
絵・かのう かりん

【第1部】 満天の星の下で

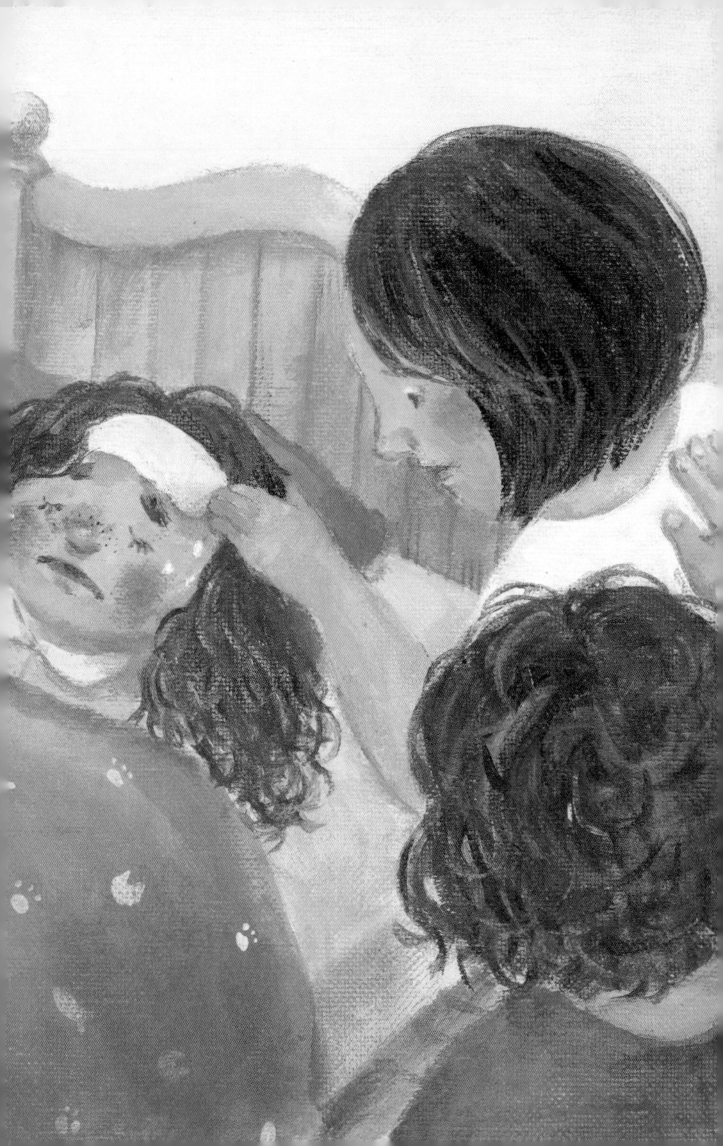

吾輩も〝ネコ〟である。
名前は、マル。
勇かんなことで知られ、愛媛県内を旅した史上初のオスネコとしても有名だ。
伝説の旅から一年が過ぎた。また外の世界を見にいこうとずっと思っていたのに、ぬくぬくとした道後の家で、ずいぶんのんびりと過ごしてしまった。
一年前は外で見た満開の桜も、結局、相棒のアンナのひざの上で家の窓から眺めている。
ニャー、ニャーニャー、ニャーニャー、ニャーと、オレはあの勇かんな旅の話をアンナに聞かせた。
いつもだったら目をキラキラと輝かせるアンナなのに、なぜかこのときは苦しそうだった。
コホッ、コホン、コホンと、アンナは何度かせきこんだ。
まるでそれがきっかけとなったように、アンナはその日から具合を悪くした。熱を出すことが増え、最近は学校を休むことも少なくない。
そして今夜、アンナはついに涙を流してたおれてしまった。その姿を見つめるママも、瞳を真っ赤にうるませている。
「かわいそうに。アンナは私に似てしまったのね。ごめんね」
ママの肩に、パパがそっと手を置いた。
「大丈夫だよ。もう春も終わる。アンナの大好きな夏が来る。アンナはもうすぐ元気になるよ」

オレの妹分、血統書つきのスリジエもめずらしく心配そうな顔をしている。
ちらりとオレを見たスリジエの目が「マル、なんとかしてよ！」とうったえてくる。
窓から見えた夜の空には左のはしが欠けた月。
それに向かって高らかにほえたとき、オレはいてもたってもいられなくなって、一年ぶりに家を出た。
パパが言っていたとおり、外の風は春のものから、夏の匂いに変わろうとしていた。
オレがアンナの病気を治してみせる――！
そう心の中でさけびながら、オレは仲間たちのいるあの広場を目指した。

てくる。
道後温泉駅前の広場、午前三時。動き出したカラクリ時計の頂上から、親友が声をかけ
「よう、マル！　久しぶりだな。お前、また少し太ったか？」
そう言った坊っちゃんに向けて、シャー！　と毛を逆立てたオレに、赤シャツが、野だい
こが、うらなりが、山嵐が、キヨが笑顔でかけ寄ってきた。
仲間たちとの再会を喜びながら、オレはあることに気がついた。
「あれ、マドンナは？」
家にいても、マドンナのことを忘れたことは一度もない。再会するのを夢に見ていた恋人
の姿が、なぜかどこにも見当たらない。
坊っちゃんが難しい顔をする。
「いま妹は体調を崩してるんだ」
「え、マドンナも？　実はアンナも――」というオレの説明に、仲間たちはみんなおどろい
た顔をした。
そして連れていかれたのは、百三十五段もの石段がある伊佐爾波神社というところだった。
その境内で、マドンナはアンナと同じように苦しんでいた。深く眠り、オレの匂いにも気
づかない。
「数週間前からこんな調子だ。ただの風邪だと思ったんだけど」
「これ、アンナと一緒だよ。なんかおかしいよ。この街でいったい何が起きているの？」

「わからない。ドクダミをせんじたりしてみたけどダメだった」
「アンナも薬が効かないんだ」と口にしたとき、キヨが自信なさそうな顔で言ってきた。
「昔、愛媛のどこかに万病を治す秘密の泉があったと聞いています」
「え、何？　秘密の泉？」
「ただのウワサかと思います。ですが、その泉の水を飲むと、どんな病気も治るのだと――」
キヨが話し終える前には、オレの覚悟は決まっていた。
マドンナの額に手をあて、強くうなずく。
「オレ、行ってくるよ」
「行くって、どこに？」と尋ねてきた坊っちゃんに「とりあえずシキさんのところ！」と答え、指笛を鳴らしたが、いくら待っても白サギのカタマがやって来ない。
キヨの顔が悲しそうにゆがんだ。
「実はカタマもおかしいんです。もう一カ月ほど、あの子は空を飛んでいません」
この街で本当に何が起きているのだろう。オレは空を見上げた。
夜の風に吹かれ、近くの杉の木がさわさわと揺れていた。

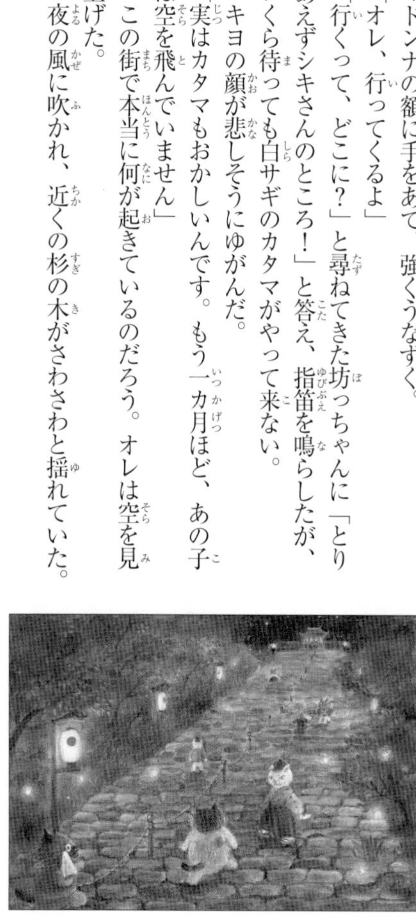

らくれん

大きな音を立てて、近くにかみなりが落ちた。あたり一帯が白く光り、クールなオレも声を上げそうになる。

大雨の坊っちゃんスタジアム。ここに来るのも一年前の旅以来だ。シキさんは顔色一つ変えず、静かにオレの話を聞いてくれた。

オレはすがる思いで「何か思い当たることはある?」と質問した。

物知りのシキさんは「うーむ」と、うなりながら腕を組んだ。

「万病に効く水とな……。秘密の泉のぅ……」

激しい雨が球場の屋根をたたいている。オレは無言でシキさんの言葉を待った。

しばらくしてその口から出てきたのは、聞いたこともない呪文のような言葉だった。

「万能の水、欲しければ、八度、心の臓を強くたたけ。その地はゆっくりと回転を始め、お前を秘密の泉へといざなうだろう。答えは、赤い灯台の下にある——」

「は? 何? なんて言ったの?」

「古くからの言い伝えじゃ。〝秘密の泉〟という言葉はあるが、意味はワシにもよぅわからん」

「ううん、ありがとう。きっと大きなヒントだよ。とりあえずオレが目指すべきは——」

「赤い灯台じゃな」

「心当たりはある?」

「パッと思いつくんは伊予市の〈下灘〉くらいか」

「わかった。じゃあそこに行ってみる！」と立ち上がろうとしたオレの腕を、シキさんはつかみ取った。

「今日はこの雨じゃ。出発は明日でええじゃろ。マンダリンパイレーツの試合も中止でつまらんけんのぅ」

今日一番のらい鳴がとどろいた。

遠い山の上に三本の電波塔が建っている。

その一本一本に、枝分かれした稲妻がキレイに落ちた。

しもなだ

前日の雨がウソのように、キレイな青空が広がっていた。
午前中はあつあつのじゃこ天を食べたりして過ごして、いよいよ旅立とうとしたオレに、シキさんが見たことのない食べ物を五個くれた。
「唐饅じゃ」
「トウマン？」
「昔から南予のちびっ子に愛されとる菓子じゃ。きっと旅の役に立つじゃろう」
それを入れたきんちゃく袋を腰に巻きつけ、オレは「ありがとう！」とシキさんに別れを告げた。
近くの〈市坪駅〉から列車に乗りこみ、あみだなの荷物にまぎれこむ。白サギに、軽トラ、自転車と、漁船、そして路線バス……。前回もいろいろなものに乗ったけれど、そう言えば列車ははじめてだ。
教えられた〈下灘駅〉で列車を降りる。ホームは海に面していて、目を見開くほどの絶景だった。
空はあいかわらず晴れていて、空気は澄んでいる。それでも昨夜の雨のせいか、気温はずいぶん低いようだ。
ホームから周囲を見回した。左手にある防波堤の上に、赤い灯台が見えている。
「万能の水、欲しければ、八度、心の臓を強くたたけ。その地はゆっくりと回転を始め、お前を秘密の泉へといざなうだろう。答えは、赤い灯台の下にある」

シキさんから聞いた言葉を何度もくり返しながら、オレは全速力で灯台を目指した。
西にかたむき始めた太陽に照らされて、駅のホームから見るよりも灯台は赤く輝いている。
いきなりここが旅のゴールだろうか――？
そんな期待を抱きながら、しっかり八回、ドンッ、ドンッ、ドンッ、ドンッ……。オレは自分の心臓を強くたたいた。
しかし、何も起こらない。地面が回転するどころか、風すら止んでしまった。
もう一回強く心臓をたたこうとした。そのとき、背後から陽気な声が聞こえた。
「おーい、デブ猫！　君、一人で何やってんのー？」
ゆっくりと振り向くと、そこにオシャレに着かざった四匹のネコたちが立っていた。

オシャレな服を着たオスネコたちが肩を組んで近づいてくる。
見たことのない雰囲気のネコの集団に、オレはつい後ずさった。
「おいおい、君。気をつけろよ。そのうしろはもう海だぜ」と、パイプをくわえたネコが言う。ただずまいから彼がリーダーだとわかった。
唐饅をねらっているのだろうか。オレは警かいしたが、彼らにそのつもりはないようだ。
「そんなにビビらないでくれ。君、名前は？　オレはAだ」
「A？」
「ああ、となりの男前がBで、チョウネクタイがC。右はしのヤツだけちょっと変わっていてZ。俺たちは四人そろって〝ニャプール〟だ」
「ニャ、ニャプール？」と、呆気に取られたオレに、ド派手な服装のZが言ってくる。
「で、お前の名前は？」
「オレは……マル」
「マル！　お腹がまん丸だからだな！」と、Cが笑うが、赤シャツのようにバカにした感じはしない。
ハンサムなBも尋ねてきた。
「なぁ、マルさ。君、さっき心臓をたたいていただろ？　なんで？」
少しだけ悩んだが、オレは素直に理由をあかした。
Aが申し訳なさそうにため息をつく。

「それは、残念だけどこの灯台じゃないと思う。俺たちはそんな話を聞いたことがないからな」
「そうか、残念。ここかと思ったんだけど」
「でも、なるほどな。だからあいつもここで胸をたたいてたんだ」とつぶやいたZに、Bもうなずいた。
「そのようだな。ようやくナゾが解けたよ」
納得したような表情を浮かべるニャプールのメンバーに、オレはおずおずと質問した。
「なんの話？　あいつって誰？」
そのオレの口を、Aが「ちょっと待て、マル」とふさいだ。そして肩を組まれ、振り向かされる。
背後にいきなり現れた美しい景色に、オレは言葉を失った。
いまにも沈みそうな太陽が海面に反射し、上下二つに見えている。
その太陽はゆっくりとくっつき合って、まるでだるまのように水平線で一つになった。

海にとけていく太陽を見つめながら、Aが言った。
「だるま夕日だ。普通は冬にしか見られない。この季節に見られるなんてラッキーだな、マル」
そして、仕切り直しというふうに尋ねてくる。
「それで、マル。君はこれからどうするつもりだい？」
オレにアイデアはなかった。
「とりあえず佐田岬にでも向かおうかな。一年前の旅で、船の上から灯台を見たから。ねぇ、それよりさっき言ってた〝あいつ〟って誰なの？」
「ああ、三日くらい前にもマルと同じようにここで胸をたたいてたヤツがいたんだよ」と、Zが優しく教えてくれる。
「え？ そうなの？」
「ああ。お前とは違って、かなり性格のキツいヤツだったけどな。高級そうなグレーのネコだ」
胸がドキドキと音を立てた。オレの他にも〝秘密の泉〟を探しているネコがいる――？
「そ、そのネコがどこに向かったかわかる？」
「たぶん大洲だと思うよ」と、今度はBが口を開いた。
「オオズ？」
「うん。列車が走る鉄橋の場所を聞かれたから。僕が教えてあげたんだ」

「大洲……。鉄橋……」とくり返しながら、オレは唇をかみしめた。灯台は遠ざかるかもしれないけれど、いまは少しでも情報が欲しいし、何より仲間と出会いたい。
「オレも大洲に行ってみる！」
そうさけんだオレに、みんなは丁ねいに行き方を教えてくれた。
前回の旅で会ったネコたちは必ずケンカ腰だった。道後の仲間たちでさえ、はじめは冷たかったのだ。
「ねぇ、どうしてニャプールのみんなはそんなに優しいの？」と聞いたオレに、Aたちは全員胸を張った。
「だって、にくしみは、にくしみしか生まないだろ？」
「人間じゃあるまいし、なわ張りとか、毛の色が違うとかダサいよ」
「ケンカしたらオシャレな服が台無しになるしな」
「俺たちはクールに生きるんだ」
「マルも今日からニャプールの一員だぜ？」
みんなの優しさが身に染みた。この旅を終えたら必ずみんなに会いにこよう。
オレは固く心にちかった。

夜おそく到着した大洲市は、雰囲気のある街だった。山に囲まれ、街全体が何かから隠されているみたいだ。板張りの武家屋敷が建ち並び、街の中心を〈肱川〉という大きな川が流れている。

今夜の寝床を求めて街をほっつき歩く。川のほとりに立派な建物を見つけた。入り口に〈臥龍山荘〉という文字がある。

門をくぐり、敷地に入ると、あることに気がついた。どこからか上品なネコの匂いがする。ニャプールのみんなが言っていたネコだろうか。

いつかマドンナを夢で見たときのような高鳴りを感じた。敷地の奥にある茶室の障子をゆっくりと開く。すると、あざやかなグレーのネコが優雅にお茶をすすっていた。

Aたちの口ぶりから、勝手にオスネコだと決めつけていた。オレにつまらなそうな目を向けてくるのは、美しいメスのネコだった。

「き、君は誰?」

緊張で声がふるえる。メスネコに動揺する様子はない。

「失礼な質問ね。先に自分が名乗りなさい」

「あ、ごめん。オレはマル。三さいのハチワレだよ」

「変な名前。それにハチワレって何よ。ただの雑種でしょう」

「な、なんだよ、その言い方。君の方こそ失礼だ!」

「失礼じゃないわ。私はロシアンブルー。血統書つきよ」

スリジエもそうだから知っている。血統書つきというのは、やたらとプライドが高いのだ。オレはイライラして、無視して立ち去ろうかとも考えたが、このネコも〝秘密の泉〟を探しているのだとしたら簡単には引き下がれない。

メスネコはシャカシャカとオレのお茶をたて始める。外には月明かりに浮かぶ森。耳につくのは川の音。相手がマドンナなら風流なのに。

オレも腰にぶらさげた唐饅を半分あげた。はじめて食べた唐饅は外がカリカリ、中はあんこのおいしいお菓子だった。

メスネコは「変な食べ物。庶民ってこんなものを食べるのね」などと言い放ち、やっと名前を口にした。

「私の名前は赤名リカよ。よく覚えとくといいわ」

大金持ちの赤名家で飼われている、リカという名前なのだという。

自分こそ変な名前のくせに。

オレはぷいっとそっぽを向いた。

大きな瞳と、長いしっぽ、そして美しい毛並み。こんな性格でさえなければ、リカはモテるに違いない。

無言の時間がしばらく続いた。仕方なくオレの方から切り出した。

「君も〝秘密の泉〟を探してるの？」

さすがのリカもおどろいたようだ。オレは一気にたたみかける。

「だから赤い灯台に行ったんでしょう？　実はオレもなんだ。大切な友だちが病気になっちゃって。ひょっとして君もそう？」

「大切な友だち？　庶民と一緒にしないでよ。私は自分のために探してるだけ」

「君自身が？　どうして？　体の具合でも悪いの？」

「べつに。あなたには関係ないわ。それに灯台探しはもうやめたの。このへんの灯台はあらかた行ったけど、赤い灯台の言い伝えはきっとウソよ。たぶんもう一つの方ね」

「もう一つ？」

「知らないの？『輝ける青い水が欲しいのなら、夜に浮かぶ鉄橋から銀河鉄道に乗れ』っていうやつ」

「はじめて聞いた」

「もうそれしかないわ。だって、そうでしょう？　赤い灯台がダメ、夜の鉄橋までアウトなら、最後の言い伝えしかなくなってしまうもの」

「最後の言い伝えって何？」

「あなた何も知らないのね。『なんじの求める宝は鬼のもとにある』っていうやつよ」
リカが不安そうに言ったとき、川からの風が強く吹きつけ、建物全体がカタカタ揺れた。
まるで鬼の高笑いだ。オレは体を強ばらせ、リカに「一緒に〝秘密の泉〟を探さない？」
と誘ってみた。
リカは安心する顔をしたが、すぐに心を閉ざしてしまった。
「私はこの旅で完ぺきな自分を手に入れるの。そして血統書つきの素敵なオスネコと出会うのよ。私は一人で旅を続ける」
リカは早く出ていけと手をひらひらさせた。
「わかったよ。だけど、絶対にムチャはしないでね。一人で鬼のところになんか行っちゃダメだよ。もしオレが先に泉を見つけたら、君にも水を届けにいくから」
「届けるって、どうやって？」
オレは鼻をこすってみせた。
「オレはここがよく利くんだ。必ず君を探し出す」

森の国

臥龍山荘でリカと別れ、夜の街に舞い戻った。あてもなく肱川沿いを歩いていると、突然、見知らぬ老犬が歌うように話しかけてきた。

「♪デ～ブ猫さん、デブ猫さん、お腰につけたその唐饅、一つ私にくださいな～」

もちろん大切な唐饅をあげるつもりなんてなかったのに、不思議な力に導かれるようにオレも歌い出す。

「♪あ～げましょう、あげましょう。これから鬼のせいばつに～、ついて行くならあげましょう～」

「お、お、鬼ですと！」と、老犬はヘナヘナと腰を抜かしてしまった。オレはなぜ自分がそんな歌を歌ったのかもわからないまま、あわてて首を横に振った。

「ああ、ううん。違うんだ。あげる、あげるよ。唐饅あげる」

「で、ですが、私、鬼退治の方はどうも……。腕っぷしはからきしでして」

「大丈夫だから。そんなことさせないから。はい、これね」と、オレは強引に唐饅をにぎらせる。老犬は弱りきった顔をした。

「鬼は少々厳しいですが、では他にお困り事はございませんか？」

「あ、そうしたら鉄橋の場所を教えてくれる？」

「鉄橋ですか？」

「うん。夜に浮かぶ鉄橋から銀河鉄道が出ているらしいんだ。オレはそれに乗って〝秘密の泉〟を探しにいく」

「鉄橋はございますが、銀河鉄道というのは聞いたこともございませんね」
「そうなの？」
「ええ。ですが、まずは唐饅のご恩です。老犬、あなどるなかれ。鉄橋までご案内いたしましょう！」
　急に張り切りだした老犬に案内され、二十分ほどで鉄橋に到着した。たしかに浮かんでいるようには見えるが、あたりは静まり返り、列車がやって来る気配はない。
　……なんてことを思っていたら、いきなりどこかから汽笛の音が聞こえてきて、目の前に列車が現れた。
「な、な、なんですか、これは！」とさわがしい老犬に抱きつかれ、仕方なくオレはそのまま列車に飛び乗った。
　他に乗客はいないようだ。『「森の国」行き列車、まもなく発車いたします〜』というアナウンスが流れてくる。
　ふわりと列車が宙に浮いた。二人とも大興奮だった。
　それなのに、オレたちはいつの間にか肩を寄せ合い眠っていた。

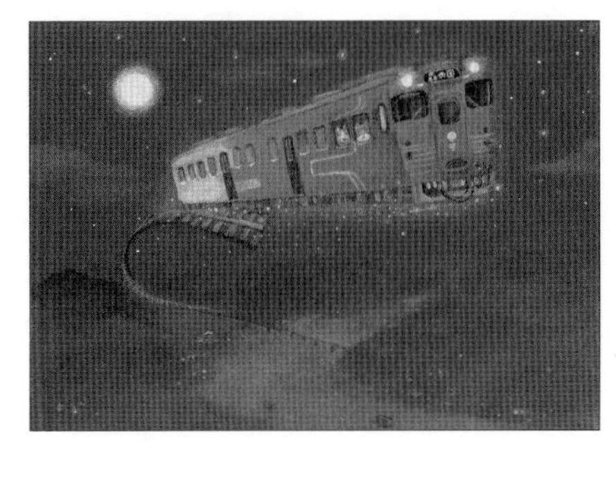

さらさらと水の流れる音がする。オレと老犬が目を覚ましたのは、たきつぼのような場所だった。

深い森、キレイな川。目に映るのはまばゆい緑と、水の青、太陽の木もれ日、そしていたずらっぽく笑うサル。……え、サル？

「デブ猫と老犬が仲良く川下りってか？　めずらしいな！」

サルの声が山にひびき渡る。

あわてて体を起こした。サルが岩の上から尋ねてくる。

「で、俺のなわ張りになんの用だ？」

「君のなわ張り？　そしたら教えてくれ。ここが〝秘密の泉〟なの？　これが〝万能の水〟？」

たきつぼの水を手ですくうと、サルのまゆが不思議そうにゆがんだ。

「は？　〝秘密の泉〟？　なんだい、そりゃ。ここはキャニオニングで有名な松野町の〈滑床渓谷〉だ。秘密でもなんでもない」

どうやらまた外れらしい。オレはショックを隠せないまま、サルに旅の理由を打ち明けた。

赤名リカの言葉を思い出す。赤い灯台がダメ、鉄橋もダメとなれば、もう最後の言い伝えしか残っていない。

サルはやれやれと肩をすくめた。

「そいつは残念。〝秘密の泉〟なんて聞いたこともないけど、そのなんちゃらの水の場所なら知ってるぜ」

「え、知ってる？　どこなの！」

サルは「それを話すには条件がある」と、キキキッと笑って、オレのきんちゃく袋を指さした。

「お前の腰のその唐饅、一つ俺にもくださいな！」

お安いご用と、オレはきんちゃく袋から唐饅を取り出した。サルが岩の上から下りてくる。

「それで？　〝万能の水〟はどこにあるの？」

「うん？　水？　ああ、どうせ鬼のところだろ」

老犬が「ひいぃ！」と悲鳴を上げた。サルはケタケタ笑う。

「昔からそういうお宝は鬼が持っているって決まってる」

「その鬼ってどこに？」

「そんなことも知らないのかよ。日本で唯一〝鬼〟の字の入った町。鬼北町に決まってるだろ！」

老犬と目を見合わせた。鬼退治が現実味を帯びてきた。

サルは呆れたように息をつく。

「仕方ない。俺も一緒に行ってやる。ついてこい！」

人さし指を立てたサルに先導されて、オレたちは山道を歩き出した。

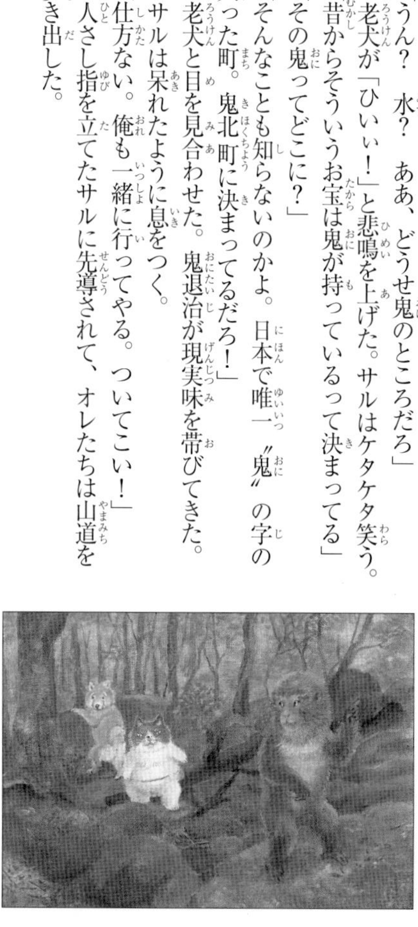

道の駅

どれくらい歩いてきただろう。オレたちはようやく目的地、鬼北町の道の駅に到着した。
真っ先に目に入ったのは、全長五メートルはありそうな巨大なモニュメントだ。こん棒を持った赤鬼が、オレたちをにらみつけてくる。
「こいつの名前は鬼王丸ー！　鬼王丸ー！」という声が遠くから聞こえた気がした。
「いま、なんか聞こえたよな？」というサルの問いかけに、老犬が口をパクパクさせる。
「え、ええ。聞こえましたとも。なんでも〝オニオウマル〟だとか」
オレも周囲をうかがった。太陽が少し西にかたむきかけているくらいで、異変はない。
しかし、今度こそオレたちに向けて「ここにいるよー！」というかん高い声が降ってきた。
すわ、いきなり鬼との対決かと、オレたちは身構える。
声の主がため息をついた。
「もう！　なんでそんなにケンカ腰なんだよ！」
声はモニュメントの頭のあたりから聞こえてくる。老犬がオレの背中を突いてきた。
「マ、マルさん……。あそこです。鬼の右肩！」
老犬の指さす方を見て、オレは目を見開いた。左肩のキジはたしかに作り物なのに、右肩の方は大きくつばさを広げている。
「もう、やっと気づいてくれたね」とうれしそうに言って、キジがパタパタと下りてきた。
サルが挑発的に問いかけた。
「やい、キジ！　鬼はどこだ？」

「鬼？　鬼ならここに……」

「違う！　こんな模型のことじゃない。本物の鬼だ！」

「なぜそんなことを聞くんだい？」

「戦うために決まってるだろ！　鬼をたおして、俺たちは〝万能の水〟を手に入れる！」

キジは悲しそうな顔をして、しばらく沈黙していたが、最後はあきらめたようにつぶやいた。

「わかったよ。〝万能の水〟なんて聞いたこともないけど、案内してあげる。その代わり――」と小さく言って、キジはニコリと微笑んだ。

「デブ猫くんのその唐饅、一つ僕にもくださいな」

この旅で出会う動物たちはみんな唐饅が大好きなようだ。
残り二つとなった唐饅の一つをあげると、キジはカスさえ残さずキレイに平らげ、満足そうに空を見た。
「いい天気だね。たしかに今日は出てくるかもしれない」
そう独り言のようにつぶやいて、キジは声高にさけんだ。
「よしっ！　それじゃ、みんなで歩いていくよ！」
松野町から鬼北町まで、すでに長い距離を歩いてきた。
シキさんが「昔はキジにも乗れたもんじゃ」と言っていたのを思い出して、背中に乗せてとお願いすると、キジはケタケタ笑い出した。
「そんなのムリに決まってるだろ。君一人だって乗せられないよ。さ、元気出していこう！」
ガッカリしたオレにかまわず、キジが先じん切って歩き出す。そのあとをサル、老犬、そしてオレという順番でとぼとぼと続いた。
キジは軽快に、サルは鬼との対決にやる気をみなぎらせ、老犬はおびえきり、オレはつかれ果てながら、山道を進んでいく。
歩けども、歩けども目的地には着かなかった。あたりが徐々に暗くなり、そのうち空気も冷たくなって、少しずつ星がまたたき始める。
まるで銀河のトンネルをくぐり抜けるかのようだった。ただの夜空に〝宇宙〟を感じる。

「もうすぐ七夕だもんね。そりゃ星がキレイなわけだ」
そうポツリとつぶやいて、キジはいきなり歩くのを止めた。
「ここ？」というオレの質問に、キジは「うん」とうなずく。
到着したのは〝泉〟や〝水〟という言葉からは遠くかけ離れた、高い山の上だった。
キジがどこか自慢げに口を開く。
「日本三大カルストの一つ〈四国カルスト〉だよ」
「四国カルスト？」
「ここはその西のはし、西予市にある源氏ヶ駄馬というところさ」
キジの説明を聞きながら、オレは周囲を観察した。夏なのに冷たい風、それに揺れる草木、地面からろ出する白い岩……。気になるものはいっぱいあった。
でも、オレたちの視線は違うものにうばわれていた。見たことのない満天の星々に、「ああ、すごい」と、オレは思わず独り言をもらしていた。

すさまじい星空だった。とくに心をうばわれたのは、夜空に浮かび上がる天の川だ。美しいをこえて、こわいと思うくらいだった。

「すごい……。ホントにすごい」とくり返したとき、オレの耳に不思議な音が飛びこんできた。しくしくしく、しくしくしく……。

みんなも気づいたようだ。暗闇の中に、生き物の気配はない。見えるのは星明かりがうっすらと照らす石灰岩だけだ。

オレはさらに目をこらした。一つだけ飛び抜けて大きな岩がある。それがかすかに動いた気がした。

最初に「え？」と口にしたのは老犬だ。サルも目を丸くする。

「あそこに何かいる！」

サルの言葉を受けるように、キジが大岩に向かって飛んでいった。オレたち三人もあとを追う。

岩は間違いなく動いていた。しかも他の白いものとは違い、全体的に赤らんで見える。目の前まで行って、オレたちはその正体を知った。道の駅のモニュメントとはまったく違う姿。大きな岩のように見えた赤鬼は、体育座りして体を小さくし、不安そうにオレたちを見下ろしてきた。

「だ、誰？　君たちは誰なの？」と高い声を上げて、鬼はおどろいたように飛び上がる。涙がほおを伝っている。

サルと老犬に背中を押されて、仕方なくオレが前に出た。

「オ、オレはマル。三さいのハチワレ猫だよ」

「マルなんて知らないよ。ボクにいったいなんの用？」

「オレたちはいま〝万能の水〟を探している」

「水？」

「うん。君がそれを持っているというウワサを聞いて、ここに来た」

勇気を振りしぼったオレを、鬼は弱々しい目で見つめてくる。

大きさは五メートルくらいありそうだ。二本の角も、赤い肌も、するどいキバだって想像通りだった。

でも、こわさは感じない。むしろさびしそうな雰囲気に心がかきむしられそうになる。

鬼は肩で息をついた。そして、力なくつぶやいた。

「わかってるよ。どうせ君たちもボクを退治しにきたんでしょう？」

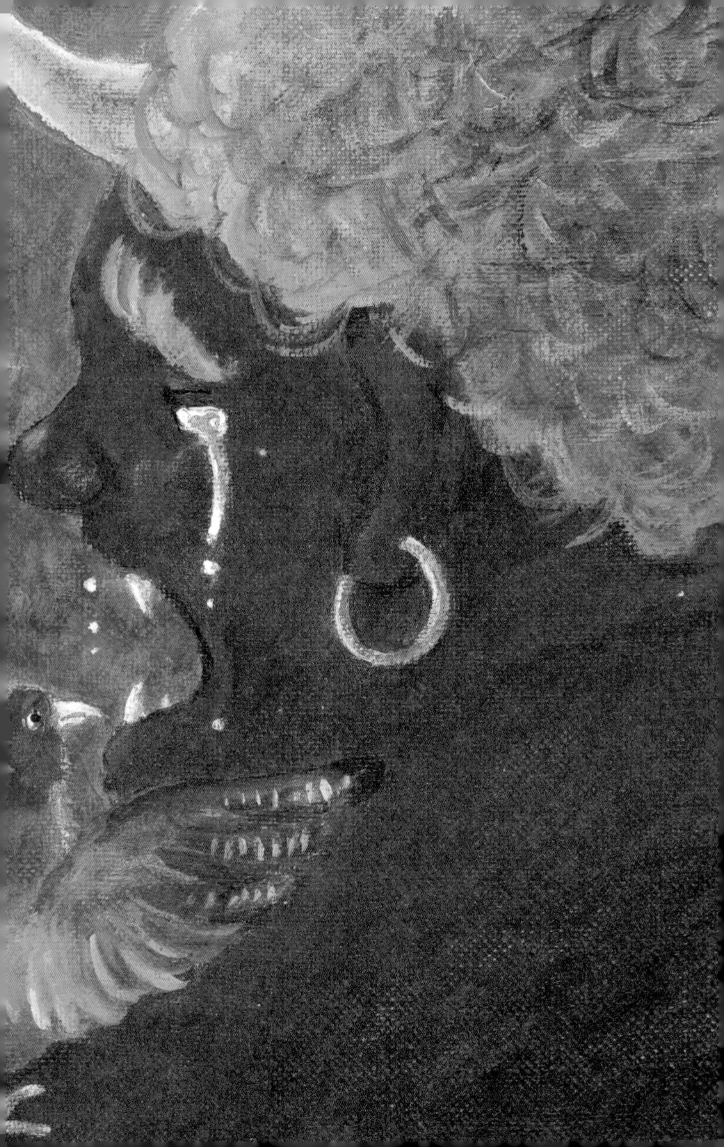

鬼はまたしくしく泣き始めた。サルがいら立って声を上げる。
「やい、鬼！　なんのつもりだ！　泣いていないで勝負しろ！」
「勝負なんてしない！」
「は、はぁ？」
「君たちはどうしていつもボクをいじめるの？　ボクが何か悪いことでもした？」
キジが鬼の肩に飛び移る。そして慣れっことでもいうふうに、すすり泣く鬼をなぐさめた。
鬼の背中をなでながら、キジはつぶやく。
「君たちはかん違いしているよ」
「かん違い？」と聞き返したオレに、キジはうなずく。
「鬼がこわいと思っていることも、鬼が強いと思っていることも。少なくとも、僕はこの〝オニマル〟ほど優しい生き物を知らないもの」
鬼の泣き声が大きくなる。胸がちくりと痛んだ。
たしかにそうだ。そのとおりだ。どうしてオレは「鬼はこわい」と決めつけていたのだろう。自分の目で見なければ何もわからないと、前回の旅でいっぱい学んだはずなのに。
「君、オニマルくんっていうの？」と尋ねても、オニマルはふてくされて答えてくれない。
オレはかまわず続けた。
「実はオレもマルっていうんだ」
「へ？」

「マルと、オニマル。よく似た名前だよ。ねぇ、友だちになってくれないかな？　これ、あげるから」

そう言って、オレは最後の一つとなった唐饅を差し出した。

それなら、〝万能の水〟はどこにあるのか……という疑問は、不思議なくらい芽生えなかった。

「友だち？」と、唐饅を受け取ったオニマルの目が輝く。

「うん。イヤ？」

「イヤなわけないよ。ボク、ずっと友だちが欲しかったんだ。なのに、みんなしてボクに意地悪して……、ボク、ボク……」

結局、オニマルは泣き出した。これまでの弱々しい声ではない、高原にひびき渡る大声で。

心優しい友だちを傷つけた。「ごめんね、オニマル」と言って見上げた空には、さっきまでよりさらに多くの星たちがまたたいていた。

オレが目を覚ましたとき、四国カルストの東の空はすっかり明るくなっていた。
先に起きていたのはキジだけだ。
「おはよう」と、あくびをしながら言ったオレに、キジはいまさら〝秘密の泉〟について尋ねてくる。
一から説明しているうちに、オレはこの旅が振り出しに戻ってしまったことに気がついた。
「銀河鉄道もダメ、鬼もダメとなると、やっぱり赤い灯台だと思うんだ」
「でも、それはなんとかっていうメスネコが違うって言ったんだろ？」
「赤名リカね。でも、彼女も東予には足を延ばしていないはずだから」
「また長い旅に出るんだね」
「うん。どうやって行くか考えるよ」
オニマルが大きないびきをかいている。その様子を見たキジが、パッと表情を明るくさせた。
「おい！　オニマル、起きろ！」
先に老犬とサルが飛び起きた。最後にのっそり体を起こしたが、オニマルは「なーにー？」と、あきらかに寝ぼけている。
キジはしびれを切らしたように声を張った。
「お前の特技を活かすときだ。友だちのマルを助けてやれ！」
〝友だち〟という言葉に反応して、オニマルは目を見開いた。

「うん、やる！　ボクやるよ！」
二人は小声で作戦会議を始めた。よく笑うオニマルはまるで子どものようで、オレは鬼北町のモニュメントがどうしてあんなにおそろしいのか不思議に思った。
「ごほん！」とわざとらしくせきばらいをして、オニマルは突然「ボクの特技は岩投げです！」と胸を張った。
キジがニヤニヤ笑っている。オニマルは左の肩をグルグル回す。
「ボクがマルを東予までぶん投げるよ！　わからないことは神さまに聞いたらいい！」
「か、神さま？」と尋ねても、オニマルは何も答えない。
「さぁ、行くよ！」と、オレはひょいっと持ち上げられて、次の瞬間にはジェット機のような速さで大空を飛んでいた。
上空から必死に振り返った。オニマルは赤い顔をさらに赤くさせ、見るからにおそろしい。
オレはようやく納得した。
最後に目に入ったその姿は、鬼北町のモニュメントそのものだった。

（第1部「満天の星の下で」完）

SHIKOK

【第2部】 オレンジ色の世界へ

「ちょっと、デブ猫くん？　君、デブ猫のマルだよね？」
なつかしさを感じさせる声が、頭の上でただよった。
「どうして？　どうしてデブ猫くんがここにいるの？」
オレはゆっくりと目を開ける。あたりが白いモヤでおおわれている。小さいネコが、心配そうにオレの目をのぞきこんでいる。
「え、ジャック？　なんで？　なんでジャックが――」と口にしながら、オレは体を起こした。
ジャックが呆れたように肩をすくめる。
「君はいつだって突然現れるね。今度は何をしてるんだい？」
「何をって……。いや、ジャック。その前にここはどこ？」
「そんなことも知らないの？　ここは西日本の最高峰、〈石鎚山〉の頂上に決まってるだろ！」
「イシヅチサン？」と言いながら、オレは周囲の様子をうかがった。宇宙を感じさせる深い青空、いく重にも連なる緑の山脈、東の空に浮かぶオレンジ色の太陽、遠くにはミニチュアのような街並みも見えている。
何よりおどろいたのは、こんな山の上に神社が建っていることだ。
「石鎚神社の奥宮、その頂上社さ」と、ジャックが自慢げに教えてくれる。
「すごいね……。ここって、なんだかすごいところだね」

「そうだろ？　神さまはきっとここにいるって思うんだ」
「え、神さま……？」と、しみじみとくり返して、オレはジャックに旅について説明した。アンナとマドンナの病気のことから、満天の星の下でのオニマルとの出会い、そして彼に投げられるまで。
　ジャックはケラケラと笑った。
「なるほど、神頼みっていうことで来たんだね。だとしたら、そのオニくんは大正解だ。この山に神さまはいる。僕もお参りにきたんだよ。君も一緒に行くかい？」
　そう言って、ジャックは遠くを指さした。二百メートルほど先に、とんがった尾根が見えている。
「天狗岳。この山の一番高い場所。あそこにも小さなほこらがあるんだけど、デブ猫くんには道がちょっと険しいかもね」と、お腹の肉をつまんできたジャックに、オレは
「シャー！」と毛を立てる。
「バカにするなよ！　せっかく来たんだ。あそこでお参りしよう！」

少しでも油断したら崖の下に落ちそうだ。細い尾根を慎重に、慎重に歩いていって、オレたちはついに天狗岳にたどり着いた。

眼下に雲が広がっている。地球の丸さをはじめて知る。圧とう的な景色を前に、オレは思わず興奮する。

「これはすごいね！　絶景だ！」

ジャックは鼻を鳴らした。

「ここは願い事が叶うことで有名な場所なんだ。デブ猫くんはアンナちゃんやマドンナ姉さんのことを願うといい。僕も自分のことを願うから」

「ジャックの願いって何？」

「それは、君、あれだよ。ステキな恋人を見つけることさ」

「恋人！」

「君とマドンナ姉さんの内子町のデートがうらやましくてさ。僕ものんびりしてられないって思ったんだ」

ジャックが照れくさそうに微笑むのを見たとき、なぜかマドンナの顔と一緒に、グレーのメスネコの姿が目の前をちらついた。

「え……？」と、オレは自分の声にビックリする。「恋人」と連想して、どうしてマドンナだけでなく、赤名リカまで出てきたのか。

「どうかした？」と、ジャックが不思議そうに見つめてくる。

「いや、なんでもない。お腹が減ったと思ってさ」と、オレは腹をなでるマネをする。

ジャックは「もう、デブ猫くんったら！」と笑い声を上げ、オレも一緒に笑ってみせたが、動揺はなかなか消えなかった。

「それで？　デブ猫くんこれからどこを目指すの？」

ジャックが仕切り直しというふうに尋ねてくる。

「また赤い灯台を探してみるよ」

「それがいいだろうね。一緒についていってあげたいけど……」

「わかってる。ジャックは恋人を探さなきゃ」

「僕に愛媛はせますぎるんだよ。だから、今度はいっそ高知を目指す」

「へえ、いいね。オレもいつか行ってみたいな」

「二人ともきっと願いが叶うよ。何せ僕たちにはもう石鎚山の神さまがついているんだから」

ジャックと一緒にあらためて山々に目を向ける。あいかわらず美しい光景だ。

だけど、気持ちはあまり晴れなかった。このときもオレの頭には、なぜかリカの姿があった。

高知を目指すジャックと別れ、オレは一人で山を下りた。

行きはオニマルにぶん投げてもらったのだ。自分の足で歩いてみて、オレははじめて西日本一だという石鎚山の高さを知った。

足取りは重く、とぼとぼ、とぼとぼ……。お腹もぐうぐう鳴っている。

旅に出てからまともなご飯を食べていない。いまさら唐饅を全部あげてしまったことを後悔する。

何時間もかけてようやく山を下りきった。足取りが重いのは、つかれていることだけが理由じゃない。途中で食べたキノコのせいだ。

額にあぶら汗がにじみ、息も苦しい。

国道に出ると、左が『松山』、右が『高松』という案内があった。オレは無意識のまま右に曲がり、道路沿いを懸命に歩く。

何度も車にクラクションを鳴らされながら、なんとか新居浜市という街にたどり着いた。吸い寄せられるように窓の開いた家に入りこむ。そして、オレはそのままこてんと寝てしまった。

どれくらいの時間、眠っていたのかわからない。カリカリ、カリカリという小気味よい音に気がついて、オレは目を覚ました。

おでこに冷たいおしぼりが置かれている。まくらもとにはボウルに入った水がある。何かを考えるよりも先に、オレはその水を一気に飲んだ。

「良かったです。起きましたね」という人間の声にビックリして、オレはサッと身構える。
ママたちより若く、アンナよりは年上の男の人が、しっぽを立てたオレを見て笑っている。
「こわがらなくて平気ですよ。僕は君の友だちです」
そう言っているときも、お兄さんは何か作業をしていた。
「あ、あの、お水をありがとう」と、オレは呆然としたまま口を開く。
アンナですら気持ちをくみ取ってくれるだけで、言葉が通じたことはない。
それなのに、お兄さんは「アハハ」と声に出して、当然のようにオレに目を向けてきた。
「どういたしまして。具合が良くなったみたいで良かったです。それで、ネコくん。君の名前はなんですか?」

人間のお兄さんがオレの言葉を理解している。そんなバカな……と思いながら、オレは言った。
「マル。三さいのハチワレだよ」
「マルくん。いい名前ですね」
「お、お兄さんはオレの言葉がわかるの？」
「わかりますよ」
「どうして？」
「どうしてでしょう。毎日、毎日、動物たちの声に耳をかたむけているからかもしれませんね」
お兄さんにつられるように、オレは部屋の中を見渡した。たくさんの動物の絵がかざられている。
「お兄さんは絵描きさん？」
お兄さんは小さくうなずいた。
「そうです。絵も描きますし、いまやっているのは版画です。ちょう刻刀で木版に動物や虫をほっています。色づけした紙にそれを刷り写すんです」
オレはあらためて部屋の絵を見つめた。キリンやオオワシ、ゾウにカマキリ。たくさんの生き物たちが、いまにも飛び出してきそうな大迫力で描かれている。
「すごい。みんなカッコいいね」

「僕は戦う動物が好きなんです。ご飯を食べるため、成長するため、何よりも生きるために戦っている生き物が大好きなんです。だから、こんなのをほりました」
お兄さんに言われるまま、オレは出来上がった作品を見た。
ライオンだろうか。顔にたくさんの細かい傷をつけた勇ましい動物が、声高に何かをさけんでいる。
そんなことを思ったとき、胸がトクンと音を立てた。
「あっ」と声をもらしたオレに、お兄さんは優しく微笑んだ。
「マルくんですよ。僕の目には君も戦っているように見えます。まるでサバンナのライオンです。すごい旅をしてきたんですね」
輝く瞳、気高い毛並み、そして特ちょう的なハチワレ模様……。
負けていられないと思った。一日も早く〝秘密の泉〟を見つけ出して、アンナとマドンナを助けなきゃ！
お兄さんは再びものすごい集中力でちょう刻刀を動かし始めた。
その様子を見つめながら、オレはこぶしをにぎりしめた。

絵描きのお兄さんに別れを告げて、オレは再び海を目指した。
足取りがウソのように軽い。ほどなくして工場が建ち並ぶ海沿いの道に出た。今治方面に向かう間に、いくつかの灯台が目についた。
そのたびに、オレは自分の心臓をたたいた。地面は回転しないいし、何かが起きる気配もない。でも、気持ちが折れることはない。これをくり返した先に〝秘密の泉〟は待っている。そんな確信を抱きながら、オレは〈河原津海岸〉というところにたどり着いた。大昔にタイムスリップしたかのような、のんびりした砂浜だ。
一息つこうと腰を下ろして、オレはあることに気がついた。立派な角が特ちょう的な、全長一メートル近くある見たこともない生き物が浜辺でひっくり返っているのだ。
オレは急いで助けに向かった。オレが「角」だと思った長いそれは、どうやら「しっぽ」だったらしい。安心したような声を上げて、ナゾの生き物はなぜかお尻を向けてきた。
オレが先に名乗ると、ナゾの生き物は丁ねいにお礼を言ってくる。
「ありがとうございますニー。私はカブトガニのガニーですニー」
「カ、カブトガニ？」
「そうですニー。愛媛ではこのへんにしか生息していない生き物ですニー。ちまたでは〝生きた化石〟などと呼ばれておりますニー」
そのおかしなしゃべり方に、オレは少しイラッとする。
ガニーは気にする素振りを見せずに続けた。

「マルさん、マルさん。どうぞ私の背中に乗ってくださいニー。お礼をさせていただきたいですニー。さぁ、どうぞですニー」

勢いに押されて、オレはガニーの背中にまたがった。すると、ガニーはそのまま海へ入っていった。

「ちょっと待って！　ガニー、どこに行くつもりなの？」というオレの問いかけに、ガニーは何も答えない。

何が起きているかはさっぱりわからなかった。

でも、何かが起きようとしていることを、オレはハッキリと理解した。

ガニーの大きな背中に乗って、オレは海の中へもぐっていく。

しばらくすると「マルさん、前を見て平気ですニー」という声が聞こえてきて、おそるおそる目を開けた。

ママに無理やり入れられる家のシャワーでも息苦しいのに、どういうわけか海の中でも呼吸ができる。

目も痛くないし、むしろクリアに水の中が見えるくらいだ。太陽の光が優しく差しこみ、海草がそよ風に吹かれるように揺れている。

海の景色に見とれていたオレに、ガニーがつぶやいた。

「見えてきましたニー。あれが〝竜宮城〟ですよニー」

オレは何も応えられない。信じられないものが視界に飛びこんできたからだ。色あざやかなサンゴしょうに守られて、ライトアップされた立派なごてんが見えてくる。

「な、な、なんだ、あれ！」

オレは夢でも見ているのか。絵にも描けない美しい建物がどんどん近づいてくる。笑い声なのだろうか。ガニーは「ニニニニー」とよくわからない声を上げた。

赤い鳥居をくぐると、大小さまざまな魚たちがむかえてくれた。さらにごてんの奥へ進んでいくと、今度は天女のような女の人が現れた。

「マルさん、ようこそ。オトヒメと申します。ガニーを助けてくれたそうですね。せめてものお礼です。ゆっくりしていってくださいな」

案内された大広間では、タイやヒラメといった瀬戸内海の高級魚たちが優雅に踊っていた。

ただめずらしく、おもしろく。オレはやっぱり夢を見ているに違いないと、ほおをつねる。

そんなオレを見て、オトヒメがやわらかく微笑んだ。

「ずっといてくれていいんですよ。ここでは年をとりません。マルさんがいたいだけいればいいのです」

その言葉さえなかったら、オレは本当に極楽のようなこの場所でのんびりしてしまったかもしれない。

だけど、ダメなのだ。オレには待っている人たちがいる。ここに留まってはいられない。

「ごめんなさい。オレはもう行かなくちゃ。それよりオトヒメさまは〝秘密の泉〟を知りませんか？」

そう尋ねたオレを、オトヒメは食い入るように見つめてきた。

オトヒメは目をパチクリさせる。

「つい最近も似たような質問をしてきたネコがおりました。なんでも〝万能の水〟を知らないかと」

「え……？　それって、ひょっとしてグレーのメスネコじゃありませんでしたか？」

「ええ、そうでした。気の強いネコでした」

オレは飛び上がりそうなほどおどろいた。つい最近、赤名リカもここにいたのだ。

「そのメスネコはいまどこに？」

「今治に向かうということでしたので、〈亀老山〉まで送らせました。ほんの数日前のことです」

「キロウサン？」

「ええ。来島海峡と今治市街を一望できる美しい山です」

オトヒメはそう口にすると、オレの手に赤いヒモで結ばれた小さな木箱をにぎらせてきた。

「これは？」

「それは〝玉手箱〟です。でも、一つだけ約束してください。絶対にその箱は開かないこと」

「え、なんで？」

「理由は言えませんが、約束してください。いいですね、マルさん。開けてはダメですよ」

「わかりました」と、オレは仕方なく約束する。

　オトヒメは力なく首をひねった。

「あのメスネコにも同じことを伝えたのですが、果たして聞き入れてくれたのでしょうか。何せ気の強いネコでしたから」

　開けてはならない秘密の箱。一瞬、この中に〝万能の水〟が入っているのではないかと考えた。

「ねぇ、オトヒメさま」と、質問しようとしたとき、オレはなぜかもうれつな眠気を感じた。

　そして次に我に返ったときには、小高い山の上にいた。

　何がなんだかさっぱりわからない。不思議なことばかり起きる旅だ。キツネにでも化かされているのだろうか。

　手に玉手箱がなかったら、オレは長い夢を見ていたと感じたに違いない。

山道にある看板を見て、オレは「キロウサン」が「亀老山」と書くのだとはじめて知った。手の玉手箱を気にしながら、周囲を見渡す。どれくらい竜宮城で過ごしていたのだろう。太陽はすっかり西にかたむいている。

周囲のひなびた雰囲気に合わず、亀老山の展望台はかなり近代的な造りをしていた。他に誰かがいる気配はないし、リカの匂いもしない。

けれど、ガッカリしたのは一瞬だった。展望台から見下ろせる圧巻の光景に、オレは言葉を失った。

西の空に太陽が燃えている。目に映るすべての島が、雲が、一年前に自転車で通ったしまなみ海道が、その逆光となってあざやかな影を生み出している。

こんなにせんれつな影を見るのははじめてだ。旅の途中で美しい夕日はたくさん目にしてきたが、太陽とコントラストをなす黒色がこれほどまばゆいことはなかった。

涙がこぼれそうだった。もちろんいまでは橋があるし、道はほ装されている。車が走っていて、船も浮かんでいる。でも、きっと千年前も、二千年前も、この小高い山からは似たような景色が見られたに違いない。

暮れかかる太陽が、瀬戸内海のおだやかな凪の上にまっすぐな一本道を作っている。オレは男だと、必死に泣くのをこらえていた。

あれが今治なのだろう。対岸に見える街並みにポッポッと灯りが点り始めた。かすかな歌声が聞こえてきたのは、そのときだ。

「♪瀬戸は〜　日暮れて〜　夕な〜み小〜な〜み〜」
聞き覚えのあるメロディだ。歌詞は違うが、道後の仲間たちが午前三時に時計台で歌うのと同じ曲。
オレは歌声のする方にしのび足で向かった。
思った通り、リカの姿がそこにあった。リカはなぜか大つぶの涙をこぼしていて、まさにいま玉手箱を開けようとしているところだった。
「開けちゃダメ！　約束は守らなくちゃ！」
なぜか悪い予感が胸をかすめ、オレは声を張った。リカはぴくりと体をふるわせて、おどろきの顔をこちらに向ける。
なんて弱々しい表情なのだろう。
そしてなんてキレイな涙なのだろうと、オレは場違いにも感心した。

オレをオレだと認識すると、リカは玉手箱から手を離し、あわてて涙をぬぐった。
「はぁ？　なんであなたがここにいるのよ。つけてきたの？」
「まさか。偶然だよ」
「偶然って何よ。だいたいどうして私が自分のもらった箱を開けちゃいけないわけ？」
「オトヒメと約束しただろう？　その箱は開けちゃいけないんだ」
「私はそんな約束してないわ。あの女が勝手に言ってただけよ。だいたいこの箱の中に〝万能の水〟が入ってるかもしれないじゃない。あなたも探してたんでしょう？」
たしかにそうだ。オレはアンナとマドンナの病気のため、リカは「自分のため」と言っていた。オレたちは〝万能の水〟を探している。
オトヒメにもらった木箱の中に何が入っているかはわからない。オレだってすぐに開けたい気持ちはある。けれど……。
「開けちゃダメだ」
「だからなんでよ！」
「理由なんてわからないよ！　だけど、悪い予感がしてならないんだ。オトヒメが開けちゃダメって言うのなら、その約束は守らなくちゃ」
オレがそう言ったとき、どこからか拍手の音が聞こえてきた。それも一つや二つじゃない。いくつもの音が輪になって、オレたちに降り注いでくる。
音の鳴る方に顔を向けると、そろいもそろって年老いた亀たちがぞろぞろと姿を現した。

「いやぁ、立派立派。若いのにたいしたもんじゃ」
真っ白なあごひげをたくわえた長老のような亀が声を上げる。
呆気に取られたオレを見つめ、長老はこんなことを言ってきた。
「その箱の中に〝万能の水〟など入っとらんぞ。開けるとけむりがもうもうと出てきての。どういうわけだか年を取るんじゃ」
長老は「カッカッカッ」と大声で笑って、仲間の亀たちを見渡した。
「ここにいるのは、ぜーんぶオトヒメとの約束を守れなかった亀たちじゃ。そんな者が集まったから、この山の名前は〝亀老山〟」
そして最後にニヤリと微笑み、こんな言葉をつけ足した。
「由来については諸説あるがの」

オレとリカは数十匹の老亀たちと亀老山で夜を明かした。彼らの話は不思議にあふれていた。全員玉手箱を開けて一気に年を取ったのだという。

大変な目にあったはずなのに、亀たちはみんな明るかった。

「約束は守らんといかんのぅ。しかし、ほれ、亀は万年生きられるというから、どうってことないわい。お前の玉手箱はワシが預かろうわい。代わりにワシらのを持っていけ」

話は自然とオレとリカの関係に移った。何度「恋人じゃない」と説明しても、老亀たちは「ひゅーひゅー」と年がいもなくはやし立てた。

それを長老夫人が収めてくれた。

「赤い灯台といえばあそこの海に素敵なものがありましたよね、おじいさん――」

聞けば、長老と夫人はハネムーンで松山の〈梅津寺〉というところに行ったのだという。その堤防にあった赤い灯台は雰囲気があり、目指す価値はありそうとのことだった。

オレとリカは、きっと同じことを感じていたに違いない。そこがダメならあきらめようと思いながら、オレたちは静かに寝床についた。

翌日、オレとリカは老亀たちに見送られ、同じ列車に乗りこんだ。ガタゴト、ガタゴト……。〈今治駅〉を出発した列車は、一定のリズムを刻みながらのんびりと進んでいく。他に乗客のいない車内で、リカは外の景色を眺めていた。夕日に染められるリカの顔に、いつものイヤミは感じない。

夫人が言っていたとおり、車窓から見える海の景色は、まるで絵はがきのように美しかった。〈三津浜駅〉でＪＲ予讃線を降り、歩いて伊予鉄道の〈三津駅〉に向かう。
その間、オレたちはほとんど口を開かなかった。
それが、三津駅で電車を待っていたときだ。
「ありがとうね、マル。私が玉手箱を開けるのを止めてくれて」と、はじめてオレを名前で呼んで、リカは思ってもみないことを言ってきた。
「私って性格がキツいでしょ？　それが〝万能の水〟を探していた本当の理由。私は自分の性格を直したかったの。水を飲んで、完ぺきな自分を手に入れたかった」
さびしい雰囲気は気になったが、オレは何も言えなかった。
リカが力なく微笑んだとき、梅津寺に向かう電車がゆっくりと駅のホームに入ってきた。

自分の性格を直すために〝万能の水〟を探していた――。

もうあきらめてしまったかのようなリカの口調にムッとしたが、オレはその気持ちを我慢した。

到着したオレンジ色の電車に乗りこみ、オレは話題を変える。

「昨日のあれってなんて曲？」

「曲？」

「うん。亀老山で君が歌ってた『夕なみ小なみ』ってやつ」

「ああ、あれは『瀬戸の花嫁』。赤名のおばあちゃんが子守歌でよく歌ってくれてたの」

長く一緒に暮らしていたおばあさんを病気で亡くしたリカは、しばらく一人で心細く生きていたという。

そんな彼女を旅へとかり立てたのは、生前のおばあさんがよく口にしていた言葉だった。

「『リカもいつか恋をしなさい』『幸せを見つけなさい』って、そればかり言われてた。だから、私は恋人を探すために外に出た。血統書つきのオスネコを探した。何度かうまくいきかけたんだけど、ダメだった。私のキツい性格が原因よ」

そんな告白を聞きながら、電車は目的地の〈梅津寺駅〉に到着した。

ホームに出ると、やわらかい潮風がほおをなでた。駅の目の前に、キレイな砂浜が広がっている。

「八月になるとこの海で大きな花火大会があるんだって。昨日、亀の夫人が言ってたわ」

ホームから海を眺めながら、リカはまぶしそうに目を細めた。
「それじゃあ、また一緒に来よう」と、オレは自然と口にする。
リカは意地悪そうに微笑んだ。
「二人きりで？」
「べ、べつに……。道後の坊っちゃんたちを誘ってもいいけど」
リカはおかしそうに体を揺すって、思わずというふうにこんなことを口走った。
「灯台もと暗しだったのかもな」
「何？」
「血統書なんて関係ない。マドンナっていう子がうらやましい。私もマルみたいなネコを好きになれば良かったのかもしれないなって」
かすかなモヤモヤが胸をかすめたのは、リカの言った「好き」のせいだったのだろうか。
オレは胸の中の違和感の理由をうまく理解できなかった。

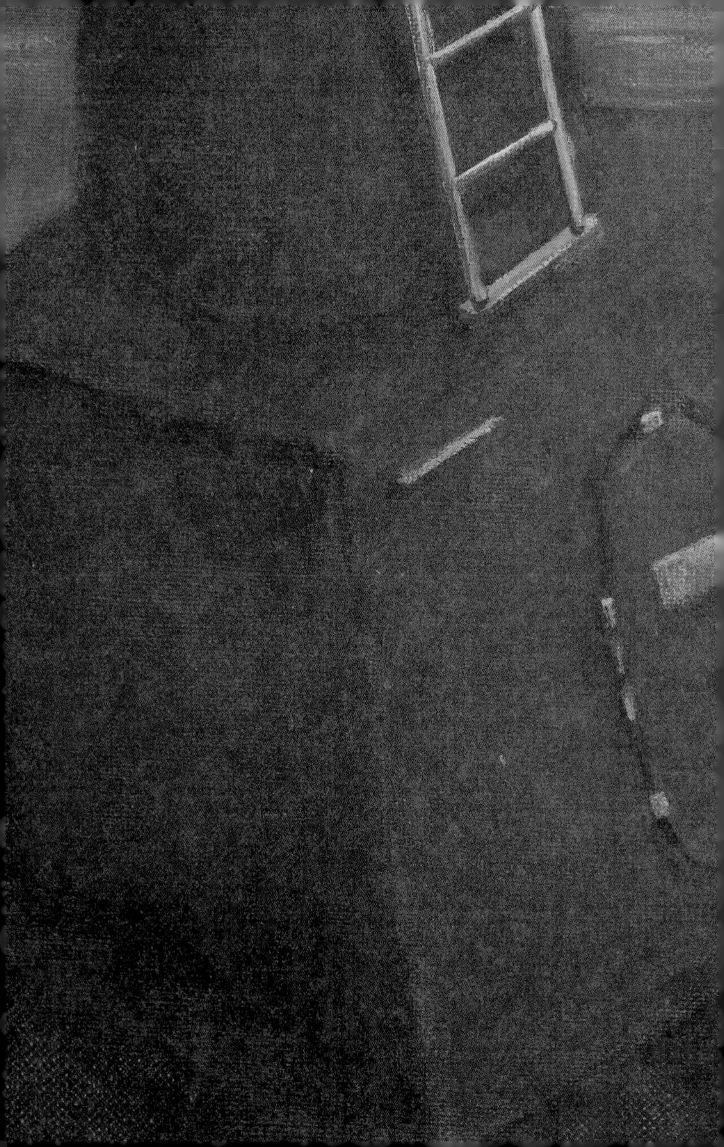

時間を確認し、「十九時の電車で帰りましょう」と口にして、リカは砂浜に下りていった。
「もうすっかり夏ね。私が宇和島のおばあちゃんの家を出てきたときは、まだ春だったのに」
オレたちは水際にそっと立った。沖合に浮かぶ堤防に、真っ赤な灯台が建っている。
「あれだよね」と指さしたオレに、リカはうなずいた。
「でも、マル。ごめんなさい。昨日も言ったけど、私……」
「泳げないんだろ？　大丈夫。オレが行って取ってくるから。でもさ、リカ、君にはもう〝万能の水〟なんて必要ないよ」
「どうして？」
「君はこの旅で成長したから。大洲で会ったときとはべつのネコみたいだ。もう誰も君を悪く言わない」
リカのほおがほんのり染まる。
「マルだってずいぶんりりしくなったわ。もう困らせないでよ。別れるのがつらくなる」
♪ふふふーん、ふふふーん、と『瀬戸の花嫁』を口ずさみながら、オレは亀の長老にもらった空の玉手箱を首に下げ、海に足を入れた。
前回の旅で白クマのピースに教わった完ぺきな平泳ぎで、海の上をすいすい進む。そして、二十分ほどで堤防にたどり着いた。
水から上がって、オレは呼吸を整える。遠目で見るより灯台は赤があざやかで、造りも立派だ。
ここが終着地だという確信を強めながら、オレは目を閉じた。この旅で知り会ったたくさんの仲間たちの姿がよみがえる。すべての出会いがこの瞬間のためだった。
オレは目を開け、こぶしを天高く突き上げた。そして胸をドンドンドン……。音が鳴るほど強くたたく。
このときはまだ地面が回り出すのを信じていたし、〝秘密の泉〟に導かれるのだと疑っていなかった。それなのに……。
待てど暮らせど、何も起きない。やり方が違うのかと何度かやり直してみたけれど、最後まで何かが起きる気配はなかった。
堤防の上でオレは途方に暮れた。あたりはすっかり暗くなっている。
浜辺にいるはずのリカの姿を探したが、どれだけ目をこらしても見つけることができなかった。

うす暗い水の中を泳いで浜に戻ったが、やっぱりリカは見当たらない。
イヤな予感がして、オレはあわてて駅へ向かう。リカは間違いなく「十九時の電車で」と言っていた。時刻がまだ十八時台であるのを確認して、少しだけ安心する。
けれど、ホームにもリカの姿はない。それなのに、匂いだけは残っている。ふと視界をとらえるものがあった。ホームの柵に無造作に結びつけられた何枚ものハンカチだ。
〈「東京ラブストーリー」ロケ地〉という看板が張られている。ネコであるオレにはよくわからないが、昔そういうドラマがあったらしい。
その一枚一枚に何やら文字が書かれてある。地面すれすれの場所にもハンカチを見つけた。緊張しながらそれをほどいて、中のメッセージを見た瞬間、目頭がギュッと熱くなった。
こらえようとする間もなく、涙が一気にあふれ出た。
口紅のような赤い文字で、リカらしいそっけない一文が記されていた。
『バイバイ　マル――』
どうしてリカは十九時の電車を待たなかったのか、どうして最後に会ってくれなかったのか、考えてもオレにはわからない。
足腰の力が抜けていった。オレはホームにうずくまる。泣いて、泣いて、まだ泣いて……。
そうして一つだけわかったことがあった。こんなにも涙がこぼれる理由だ。
オレにはマドンナという心に決めたネコがいる。それはリカにも伝えていたし、だからオレたちが恋に落ちることはない。

でも、オレたちはきっと友だちになれたと思う。道後のみんなにもリカを紹介したかった。「一人でさびしかった」と言っていたリカを助けてあげられなかったことを、オレは悲しく思うのだ。

重い腰を必死に持ち上げた。懸命に涙をぬぐいながら、オレは自分に言い聞かせる。

きっとリカとはまた会える。そう、次は八月だ。この場所で、花火大会があるというその日、オレたちは最高にクールな友だちとして再会できるに違いない。

なんとなく見上げた空に、オレはいく千もの花火を想像した。

真夏の夜を照らす大輪の花が、リカの横顔を美しく彩った。

（第2部「オレンジ色の世界へ」完）

【第3部】　そして秘密の泉

結局、オレは〝秘密の泉〟を見つけることも、〝万能の水〟を手に入れることもできなかった。病気に苦しむ相棒のアンナに、そして恋人のマドンナに、どんな顔をして会いにいけばいいのだろう？

あらためて夜空に打ち上がる花火を想像する。「ドンッ」という音が聞こえた気がした。するとと、次の瞬間、まるで知恵の輪がするすると解けていくように、オレは胸のモヤモヤの正体を認識した。

「あっ！」

オレは口に手を当てる。そんなことが本当にあり得るのだろうか？　自信はない。ニャプールのみんなと知り合った下灘でも、銀河鉄道に乗っていった滑床渓谷でも、四国カルストのオニマルのところでも、ガニーに案内された竜宮城でも、長老たちから聞いた梅津寺でも……。期待しては裏切られてを続けてきたのだ。自信なんてあるはずがない。

けれど、胸は間違いなく高鳴っている。違和感の正体は、リカの口にしたこんな一言だ。

「灯台もと暗しだったのかも——」

オレは呆然としたまま指笛を鳴らした。すぐに具合が悪いことを思い出したが、しばらくして、空から白サギのカタマが降りてきた。

「カタマ、久しぶり！　君もう体調は平気なの!?」

「ケケケクァー！」

「オレを道後温泉まで乗せていってもらえるかい？」

「ケークァー！」
オレを背中に乗せると、カタマは勇ましく地面をけり上げ、上空へ舞い上がった。
潮の香りが早々に消え、ライトアップされた松山城がぐんぐん近づいてくる。
興奮するオレに気を良くし、カタマはさらにスピードを上げた。
「さぁ、行け！　カタマ！　このまま道後温泉に一直線だ！」
赤いライトに染まる松山城が、目と鼻の先に見えている。顔を上げれば、空にはあやしくにじむ赤い月。
たとえ予感が当たっていても、外れていたとしてもだ。
長かったオレの二度目の旅も、いよいよ終わりが近づいているのを実感する。

匂いを感じ取ったのだろう。道後温泉本館の前で、坊っちゃんたちがオレたちを出むかえてくれた。

ビックリしたのは、仲間の中にマドンナの姿もあったことだ。

「マル！」

みんなに背中を押されたマドンナの瞳はもう涙でうるんでいる。

オレも泣くのを我慢した。

「マドンナ！　君、もう具合は大丈夫なの？」

伊佐爾波神社で苦しそうにもだえていたのがウソのように、マドンナの表情は明るかった。

「うん。いまはすっかり。不思議だったのは、私もカタマもほとんど同時期に治ってしまったことなの」

「ケークァー」と、カタマも大きな声を上げる。

「どっちにしても私は平気。それより早くアンナちゃんに――」

マドンナがそこまで言ったところで、坊っちゃんがオレたちの間に割って入った。

「その前に見つかったのか？　その〝秘密の泉〟とやらは」

坊っちゃんはオレが首から下げた空の玉手箱を見つめている。キヨの視線も感じたけれど、オレは首を横に振った。

「残念だけど、この旅で見つけることはできなかった」

赤シャツや野だいこ、山嵐たちの顔にも失望の色が広がった。あいかわらず自信はなかったが、それでもオレは胸を張って続けた。
「でも、まだ可能性は残っていると思うんだ」
「可能性？」
「うん。ヒントは『灯台もと暗し』だよ。オレたちにとって身近な泉は一つしかないだろう？　赤い灯台の意味はたぶんあれ」
そう言って、オレは道後温泉本館の最上部、普段はカタマが過ごしている振鷺閣を指さした。
「ダメ元だとしても、試す価値はあると思う。だからマドンナ、ついてきて！」
マドンナの手を強くにぎって、オレは本館のかべをかけ上がる。
「万能の水、欲しければ、八度、心の臓を強くたたけ。その地はゆっくりと回転を始め、お前を秘密の泉へといざなうだろう。答えは、赤い灯台の下にある――」
そう心の中で唱えながら、オレたちは赤い振鷺閣に飛びこんだ。

夜の道後に異彩を放つ、真っ赤な部屋。和紙だと思っていた障子は赤いガラスで、そこにライトが当てられている。外からはその光が透けて見えるという仕組みらしい。
天井からは大きな太鼓がつり下げられている。毎朝六時と正午、そして夕方の六時に鳴らされ、それは街の人たちから「刻太鼓」と呼ばれて親しまれているという。
マドンナの説明を聞きながら、オレは額の汗を何度もぬぐった。灯台もと暗し——。「大切なものは近くにある」という意味のことわざ。きっとここが今回の旅の終着点。
マドンナとうなずき合って、オレは腕を振り上げた。そして八回、自分の心臓を強くたたいたが、何かが起きる気配はない。やっぱり床はびくとも動かない。
体から力が抜けていく。長旅のつかれがどっと出た。この一回にすべてをかけていたのだ。もう一度試す力は残っていない。
「なんか大さわぎしてごめん。違ったみたい。オレに〝秘密の泉〟なんて見つけられるわけがなかったんだ。そもそもそんなものないんだよ。ただの言い伝えなんだ」
へたりこんでしまったオレを、マドンナは見ようとしなかった。食い入るように何かを見つめ、まばたきさえしようとしない。
「マドンナ？」
オレの呼びかけに、マドンナはようやく体をふるわせた。そして、思わぬことを言ってきた。
「ねえ、マル。心の臓って、ホントに自分の心臓のことなのかな？」

「どういう意味(いみ)？」
「この赤(あか)い灯台(とうだい)における心臓部(しんぞうぶ)っていうことはない？　つまり振鷺閣(しんろかく)におけるこれってこと」
　マドンナは自信(じしん)なさげにつり下(さ)げられた太鼓(たいこ)に触(ふ)れた。
　全身(ぜんしん)を血(ち)がかけめぐる。再(ふたた)び力(ちから)がわいてきた。オレは飛(と)び上(あ)がるように体(からだ)を起(お)こして、近(ちか)くにあったバチを拾(ひろ)った。
「マドンナ、しっかりオレにつかまってて！」とさけぶように言(い)って、オレは両腕(りょううで)を高々(たかだか)と振(ふ)り上(あ)げた。

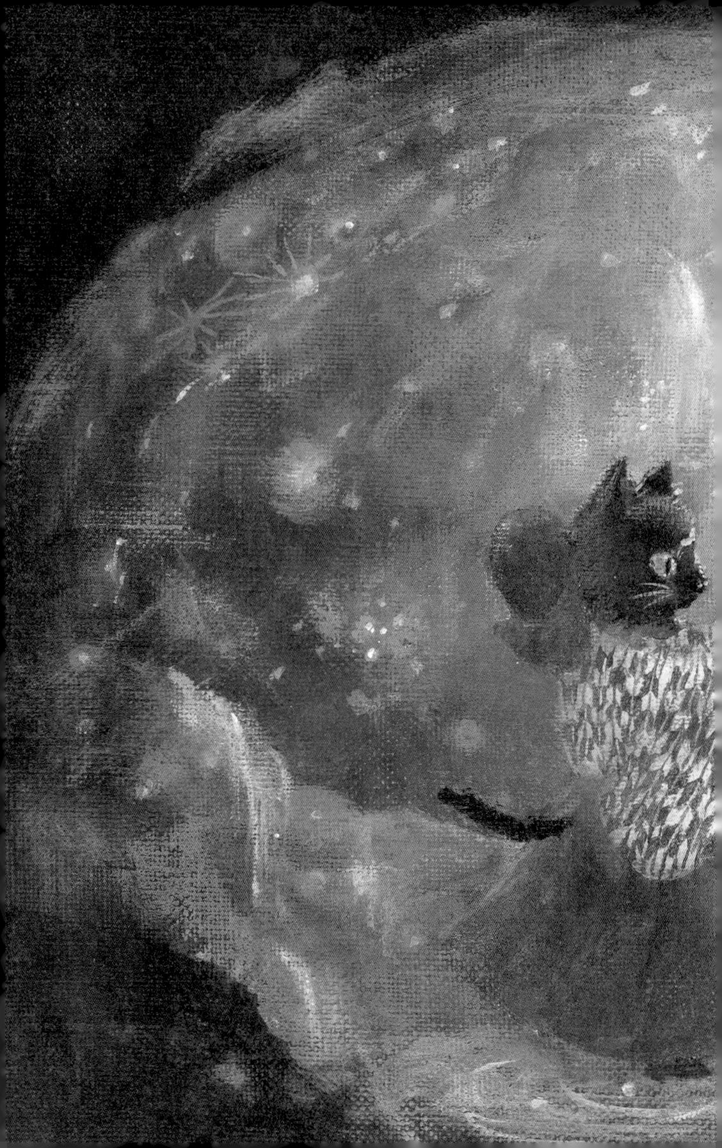

ドン、ドン、ドン、ドン……。祈りをこめて、まずは四回。振鷺閣の太鼓を強くたたく。オレの腰に回したマドンナの腕にも力がこもる。緊張は不思議としない。これでダメなら仕方ない。やるべきことはやってきた。

強い思いをこめて、さらに三回、ドン、ドン、ドン……。野太い太鼓の音色が、静じゃくに包まれた夜の道後にひびき渡る。

マドンナの体はふるえていた。オレは振り向くことなく、最後の一回を打ち鳴らした。

ドン——！

いままでで一番大きな音が、夜の闇を切りさいた。

「コラァ！　こんな時間に太鼓をたたくのは誰だ！」という怒鳴り声が聞こえてきた瞬間、振鷺閣がさらに強い赤色に包まれた。

建物がゆっくりと回転を始める。いや、違う。オレとマドンナの立つ場所だけが回っている。

何が起きているのかわからなかった。気づいたときには、オレたちはうす暗く、ひどくしっ気っぽいどうくつのような場所にいた。

ちろちろちろ、ちろろちろちろと、水のしたたる音がする。

道後温泉の洗い場くらいの広さの場所。かろうじて周囲を見渡すことができるのは、四方のかべに夜空の星のように輝く石がうめこまれているからだ。

「熱っ！」

そのかべに何げなく触れて、オレは声を上げた。同じようにかべを指で触れてみて、マドンナは納得したようにうなずいた。
「そうか、ここからお湯が染み出てるんだ。おどろいた。道後温泉にこんな場所があったなんて」
「どういうこと？」
「これ、たぶん温泉の源泉だよ。それも、いまは誰にも知られてない。すごい。まさに〝秘密の泉〟だよ」
そう言いながら、マドンナはオレの顔をペタペタと触った。すると、目がまん丸に見開かれた。
「信じられない！　マルの顔の傷が消えていく！」
オレは自分のほおに触れてみた。本当に自然と笑みが浮かんだ。
「やっと見つけたよ。オレは〝万能の水〟を見つけたんだ。早くアンナに届けなくちゃ」

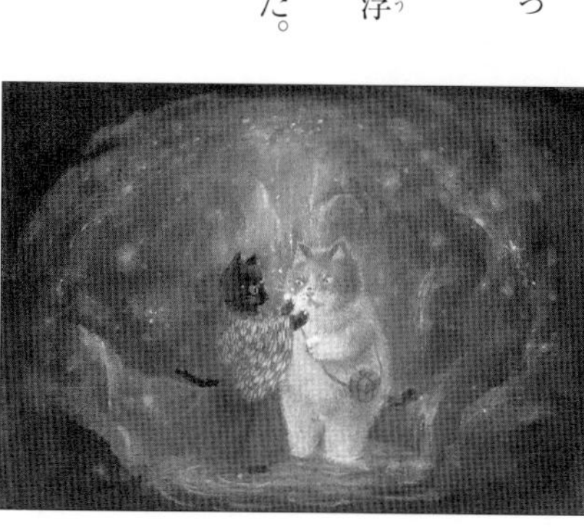

岩から染み出るお湯が玉手箱にたまるまで、オレとマドンナは久しぶりにゆっくり話をした。

「へぇ、そう。マルはリカちゃんと楽しくやってたってわけね」

そうイヤミっぽく言ってくるマドンナに、オレはやましいことは何もないと胸を張る。

「今度は二人で旅に出よう。やっぱり世界は広かったよ。オレはもっとたくさんの景色をこの目で見たい」

「マルの顔を見てたらわかるよ。いい旅をしてきたんだね。うん、今度は私も一緒に行く」

箱に温泉がたまっていく音が心地いい。

「ところでマドンナはどうして急に具合が良くなったの？」

「それがよくわからないの。毎年春になると体調を崩すんだけど、今年はとくにひどかったな。アンナちゃんはどうだろう。やっぱりネコと人間は違うのかな」

玉手箱にお湯がたまった。オレはいそいそと立ち上がる。

「だとしても、この水でアンナは治るはずだ。そうしたらリカにも届けにいこう。宇和島だって言ってたから」

「宇和島か。なつかしいね。私たちが出会った街」

オレたちは「次は一緒に」とあらためてちかい合って、地上に戻った。

どれくらいの時間〝秘密の泉〟で過ごしていたのだろう。東の山から朝日が顔を出そうとしている。

「じゃ、オレ行くね！　今度はすぐに戻るから！」と、マドンナに別れを告げようとしたそのとき、オレを呼び止める声がした。

「おいおい、マル！　それは薄情すぎるだろ。帰る前に俺たちとすることがあるんじゃないか!?」

振り向くと、坊っちゃんが腕組みして立っていた。その背後で、道後の仲間たちが笑っている。

みんなが頭に乗せている手ぬぐいを見てピンときた。

でも……。

「オレは早く帰らなきゃ。アンナが待ってる」

キヨが優しくたしなめる。

「アンナさんはまだ寝てますよ。まずは旅のあかを落としましょう。汚れていては嫌われてしまいますよ」

キヨに言われては仕方がない。オレは坊っちゃんと肩を組んで、足取り軽く温泉へ向かった。

足を運んだのは前回行った本館ではなく、もっと広い〈椿の湯〉という温泉だった。

吾輩も〝ネコ〟である。
名前は、マル。
勇かんなデブ猫として知られ、鬼退治や竜宮城を経て〝秘密の泉〟にたどり着いたネコとして有名だ。
窓から真夏の陽が差しこんでくる。妹分のスリジエと並び、クーラーの効いたリビングでゴロゴロする。まるで極楽。あの過こくな旅がまぼろしのようである。
旅から戻った朝、アンナは涙を流しながらオレをしかった。
「もうマルったら早とちり！　あれはただの花粉症！　春が終わったら良くなるの！」
ママは「アンナの花粉症は私に似ちゃってひどいから。熱まで出て、寝こむくらい」と言って、パパはこんな暴言をはいていた。
「二人とも何を言ってるんだ？　マルが旅なんてありえないよ。そのへんでゴロゴロしてただけだって」
「シャーッ！」と毛を立てたオレの気持ちを、アンナだけは悟ってくれる。
「パパったらまたそれ？　マルはウソなんてついてないよ！　だって、ほら！」
アンナはオレが持って帰った玉手箱を開けた。なみなみと入った中の水を見て、さすがのパパも不思議そうな顔をした。
「マル、ありがとうね！　アンナ、これを飲んで花粉症そのものを治してみせるよ！」
でも、その前に……と、アンナは最近なやんでいる自分の吹き出物に水をぬった。すると、みるみる赤みが引いていった。それを見て、ママが「わぁ！」と声を上げた。

結局、オレの早とちりから始まった大冒険だったが、旅そのものがムダだったとは思わない。自分の目で見たすべての光景、すべての体験が財産だ。

そしていま胸に抱くのは、さらに広い世界を見てみたいという新たな願いだ。まだ見ぬ世界にはどんな景色が広がっているのだろう？

考えても想像はできないが、となりにいるネコだけはハッキリとイメージできる。

マドンナがしっかりとオレに寄りそっている。

二人で手なんてつないでいる。

いまのオレたちには想像もできない素晴らしい景色を前に、胸を打たれているに違いない。

（第3部「そして秘密の泉」完）

デブ猫ちゃん
マルの秘密の泉
冒険マップ

Japan
Ehime
1
Imabari
3
Saijo
5
Matsuyama
6
Iyo
7
Ozu
8
Kihoku
9
Matsuno
Ishizuchisan
4
Shikoku karst
10
愛媛
Ehime
Prefecture

デブ猫ちゃん マルの秘密の泉冒険マップ

1 今治市

愛媛と広島を結ぶしまなみ海道の玄関口。リカと再会した亀老山の展望台は、橋でつながる島々の一つ、大島にあるぞ。悩みも吹き飛ぶ壮大な景色。建物も自然と一体となってクールだぜ。

2 新居浜市

工場が建ち並ぶ四国有数の工業都市。出会ったお兄さんのモデルは、地元を拠点に活躍する画家・石村嘉成さん。街のいしずえを築いた銅山や有名な太鼓台の祭りもあるらしいから、また冒険してみたいな。

3 西条市

前回の旅でもおとずれた「水の都」。河原津海岸は、遠浅の海が広がるのどかな場所で、カブトガニのはんしょく地として県の天然記念物にもなっているんだ。「カニ」と付くけど、実は「クモ」の仲間らしい。

4 石鎚山（久万高原町、西条市）

標高1982㍍、久万高原町と西条市の境界にどっしりとかまえる西日本の最高峰。古くから山岳信仰の山としてあがめられている。子どもも登ることはできるけど、山道や装備にはよーく注意してくれよ!

5 松山市

オレとアンナ、道後の仲間たちが暮らす愛媛で一番大きな「いで湯と城と文学のまち」! 風光明媚な梅津寺駅は、かつて大ヒットしたドラマの舞台なんだ。実は今回のヒロイン・赤名リカの名前は……。

6 伊予市

中予地方の最西にあって、オレも大好きなけずり節の工場がいっぱい。海を一望できる絶景の下灘駅は、全国にファンがいるんだって。特に陽が沈む時間は格別。ステキな夕日を見てもらいたいな。

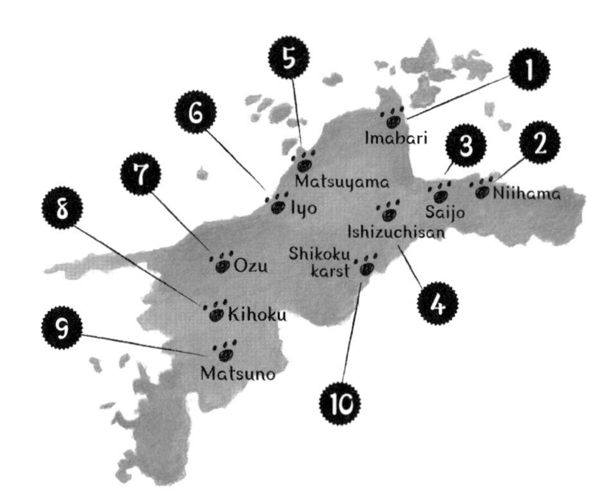

7 大洲市

「伊予の小京都」と呼ばれる城下町。景勝地に建つ臥龍山荘は、ぜいを尽くした意しょうがほどこされ、とにかく粋！　『銀河鉄道999』の作者、漫画家・松本零士さんもこの街で暮らしたことがあるんだって。

8 鬼北町

鬼ヶ城山の北に位置し、日本で唯一「鬼」の字が入る自治体。鬼を用いたユニークな町おこしに取り組んでいて、二つの道の駅に鬼のモニュメントがあるぞ。実際に見たら、ビックリすること間違いなしだ。

9 松野町

町の8割以上が森林におおわれた自然豊かな「森の国」。国立公園の滑床渓谷は、四万十川の源流であり、全長12㌔におよぶ渓谷だ。滑らかな岩肌が特ちょうで、川遊びのキャニオニングも人気みたい。

10 四国カルスト（久万高原町、西予市）

久万高原町から西予市までの東西約25㌔、千㍍を超える標高で連なるカルスト台地。草原でのんびり過ごすウシの姿なんかも見られる。満天の星は圧巻！　ちなみに尾根の向こう側は高知県。

文・早見 和真【小説家】

1977年神奈川県生まれ。2008年『ひゃくはち』でデビュー。16年に『イノセント・デイズ』で第68回日本推理作家協会賞受賞、20年には『ザ・ロイヤルファミリー』でJRA賞馬事文化賞と第33回山本周五郎賞をダブル受賞した。作品の多くが映像化。近著に『八月の母』『新！ 店長がバカすぎて』など。

絵・かのう かりん【絵本作家】

1983年愛媛県今治市生まれ。動物や自然をモチーフにした創作活動を続ける。2013年に『いろんなおめん』で第6回Be絵本大賞入賞。第18回えほん大賞ストーリー部門大賞受賞作『どろぼうねこのおやぶんさん』の挿絵なども手掛けている。著書に『おやすみ おやすみ みんな おやすみ』など。

集英社文庫

かなしきデブ猫ちゃん　マルの秘密の泉

2023年4月25日　第1刷

定価はカバーに表示してあります。

文　早見和真
絵　かのうかりん
発行者　樋口尚也
発行所　株式会社　集英社
東京都千代田区一ツ橋2-5-10　〒101-8050
電話　【編集部】03-3230-6095
　　　【読者係】03-3230-6080
　　　【販売部】03-3230-6393(書店専用)

印　刷　大日本印刷株式会社
製　本　大日本印刷株式会社

フォーマットデザイン　アリヤマデザインストア　　マークデザイン　居山浩二

ISBN978-4-08-744518-3 C0193